KB145908

진심이었습니까

진심도 없이 무슨 재미로 살았나요

너 자신을 알라

진심도 타고나야 해요

성격은 운명이다

고마운 마음도 타고나야 해요

사람마다 달라요

사람을 바꾸는 일에 목숨 걸지 말아요

마음도 만져주세요

침묵의 소리를 들었는가

나는 아날로그야

인간쓰레기도 많구나

이미지에 속았다

기득권카르텔 집단광기 전체주의 인기영합주의

수단과 방법을 가리지 않고 살았잖아요

선택적 정의

양심을 당근마켓에 팔아먹으셨나 봐요

그는 위선의 끝을 보여주었다

천박의 극치

그것을 알고 싶다 그것을 모르고 싶다

사람을 못 들어가게 해야 비싼 아파트

덕분에

사랑은 늘 도망가고 기회도 늘 도망갑니다

몸은 거짓말하지 않아

팬덤인가 우상숭배인가

흥을 폭발하세요

깨달음이란 사실을 사실대로 아는 것

분노의 원인은 불공평

억울해 죽겠습니까

배가 아파 죽겠습니까

도움을 주다

진정한 대화는 들어주는 것

대화를 잘하고 싶다

생각하지도 않으면서 생각하는 척

열심히라는 이름의 강박

안 되는 건 안 돼

학교에서 유전자지도를 가르쳐야 한다

언어의 한계는 생각의 한계

상처는 상처를 부른다

생각도 하나의 행동이다

모르면 모른다 하자

아름답다는 말이 사라졌어

정신승리 하셨습니다

탐욕 분노 어리석음으로부터 해방되시라

재미를 붙여라

마음에서 무슨 바람이 불었는지가 중요해요

저는 잘살고 있습니다

두드리지 마라 문은 열려 있다

마음이 싸구려

보고 있어도 보고 싶어

팩트는 가장 날카로운 비판이다

객관적이고 보편적이세요?

또 속고 또 속인다

왜 나쁜 뉴스를 더 좋아하는가

가난을 증명해야 돈을 주는 세상

나의 재발견

헐, 대박! 이후 언어는 급속도로 변했다

그 사람 자체가 거품이야

욕망을 이길 수 있는 무기가 있을까

누구보다 자본주의를 좋아하면서 반미를 외친다구

프레임전쟁에 놀아나다

매력이 우선

젊다고 순수하지도 않고 늙었다고 지혜롭지도 않다

눈물 속에는 얼마나 많은 말이 생략되었을까

북극곰은 앞으로 어떻게 살아갈까

아는 것이 돈이다

서로가 꽃이다

3.3.7 박수는 기가 막힌 음악이다

천천히 올라가서 천천히 내려와라

세포가 좋아하는 책 음악 연필

세상에 착하기도 해라

어떤 사랑은 폭력이다

부패해야 깨끗해진다

달고 맛있는 책

소리내어 우는 법을 잊을 수도 있겠다

컨텐츠는 감정이다

좋은 생각은 상식에서 나온다

어떤 이야기를 하시겠습니까

핵심을 건드렸는가

생명력을 불어 넣었는가

착한 사람이 정치를 해야 한다

배부르고 편한 것이 민주주의다

간신들이 설쳤던 역사

결국 꾸준함이 이긴다

새로운 이야기를 계속 만들어라

나는 누구에게 무엇을 팔 수 있나

가능성이 있잖아

말이 너무 많아

말보다 말투가 더 중요할 때가 있다

함부로 부러워하지 마라

끊임없이 덤벼라

원초적인 것이 럭셔리한 것이다

개인적인 것이 새로운 것이다

제2의 나를 만들자

착각의 늪에 빠졌다

잘났다고 까불지 마라

인맥의 노예들

기생충들이 살기 좋은 나라

나는 정말 무엇인가

내가 나를 몰라

돈이 돈을 번다

어느 구름에서 비가 내릴지 몰라요

숨박꼭질하기 좋은 집에서 살고 싶다

사람은 고쳐 쓰는 게 아니다

사람은 바뀌지 않아

이익공동체

처음 보는 미래가 불편해 죽겠습니다

이슈를 한번 만들어 봐

힘을 빼라

인간이 동물이지 그럼 식물이겠어요

가족이란 봄날 햇살 같은 것

다들 칭찬감옥에 갇혔다

스스로 칭찬하라

스스로 빛나라

흙수저 금수저 그게 뭐가 중요해요

모든 권력은 마약이다

사기꾼들이 권력까지 잡았어요

뭘 그렇게까지 비겁합니까

불쌍히 여기소서

다만 악에서 구하소서

자유는 외롭다

오늘을 놓치면 내일도 놓친다

진실은 원래 좀 불편하잖아요

그날 국가는 없었습니다

보수도 없고 진보도 없어요

지나간 것은 지나간 대로

기준자체를 바꿔버렸습니다

사고방식들이 너무 촌스러워

신입사원에서 대리만 되어도 갑질하더라

괴물과 싸우다 괴물이 되셨다구요

내가 나를 속였다

씨앗을 뿌렸더니 꽃이 피었습니다

좋은 물건은 힘이 있습니다

저를 좀 더 아껴주세요

피는 못 속이지요

몰라봐서 죄송합니다

오래된 모순과 싸우고 있습니다

마음속에 마음이 있는 사람을 찾습니다

가난하다는 것은 기회가 없다는 거야

생각이 다르다고 욕하지 마세요

경제가 정치입니까

정치가 경제를 너무 고생시키네요

대한민국은 어디까지 썩었을까

민주화운동은 왜 했을까

촛불집회가 혁명이었습니까

통일은 될까

군인이 놀고 있는 나라

언론이 자꾸만 소설을 쓰고 있다

아직도 가난마케팅이 먹히다니

비밀 없어요 공짜 없어요 정답 없어요

성공해봐야 또 성공한다

질문을 던져라

진실도 만들어진다

역사는 정권이 바뀔 때마다 왜곡되었다

설렘은 늙지 않는다

I see you

지금이 제일 예쁘다니까요

남자는 필요 없어도 사랑은 필요하다

기억을 믿지 마세요

몸에 좋은 햇빛을 팝니다

자연을 그대로 먹어라

자유가 없으면 평등도 없지요

헌신적인 사람들은 다 어디로 갔을까

형식도 내용이다

부딪치고 보자

태도가 진실을 속일 수도 있다

어제는 안녕 못했습니다

올 사람은 오고 갈 사람은 갑니다

나는 나다 너는 너다

쇼 좀 그만해라

간섭하지 말아요

돼지 눈에는 돼지만 보여요

지금은 누구한테 속고 있습니까?

새로운 세상이 왔어요

모든 공식이 깨졌습니다

뜻대로 되는 일이 있었나요?

아무 것도 하지 않으면 아무 일도 안 일어나요

어떤 혁명을 하셨습니까?

인간은 너무 비합리적이야

알게 모르게 세뇌당하고 있다

누구도 도움이 안 될 때가 있다

마음에도 없는 소리를 너무 많이 했습니다

몸과 마음이 건강한 사람

반듯하고 다정한 사람을 만나고 싶다

나는 진짜일까

진짜는 진짜를 알아 본다

가짜도 가짜를 알아 본다

요즘 음악은 가슴까지 오지 않는다

끼리끼리

아파서 살았다

나의 적은 나다

기본이 탄탄하시네요

그동안 마음을 얼마나 아끼셨나요?

혁명은 진심일 때만 성공한다

인생은 오해

스승이 없다는 건 배우려는 마음이 없어서다

변화무쌍 용감무쌍

불안과의 전쟁

존중을 해야 존중을 받는다

있어 보인다와 없어 보인다

단순 단순 단순 단순 단순

얼굴이 말한다니까요

시간이 약이었습니다

인간성이 보인다

혹시나 하고 삽니다

밥그릇싸움

뜬 구름 잡는 이야기는 그만

누구 좋으라구 포기하세요?

그거 다 열등감 때문이야

사람을 공부합니다

유혹은 뿌리치라고 있는 거야

실력을 발휘할 때입니다

사랑을 먹고 사람이 된다

수퍼우먼은 없어

친구란 웃고 떠드는 존재

지금 어떤 친구랑 웃고 떠들고 있나요?

사회생활은 읽고 쓰고 말하기다

늦지 않았어

고정관념은 반대

어리석음이란 바꿀 수 없는 걸 바꾸는 것

뇌를 쉬게 하라

선택이란 하나를 버리는 거야

동물의 왕국 같아

일은 늘 엉뚱한데서 터진다

마음이 가난해지고 있다

행복하세요?

희망은 많아요

무거운 문제는 무겁게 다루어라

어제도 옛날이다

하루하루 발전합니다

새빨간 거짓말이야

논리는 편견의 지배를 받는다

해석을 잘해야

괜찮은 척하지 마

사람 귀한 줄도 모르고

착하게 사는 게 훨씬 쉬워

과거는 무시하시라

그 사람의 불행까지 사랑할 수 있나요

가슴에 못을 박았다

감정이 늙어가고 있다

제자리로

짜고 치는 고스톱

아무 것도 사지 않는 날

날 좋아해줘서 고마워

정신 바짝 차려

사람의 뒷모습은 왜 슬플까

따뜻한 생각을 찾습니다

꿈을 쫓아가라

그는 타락한 세상을 타락한 언어로 선동했다

당해 봐야 안다

그 놈의 책임감

사랑은 또 온다

필요충분조건

여기도 양아치 저기도 양아치

알아서

사람은 똑같다 사람은 똑같지 않다

그 입 다물라

북한은 예의가 없어

재미가 있어야 하느리라

이기적 유전자

또 한 번 속는 셈 치고

반성하라는 뜻

그래서 점쟁이가 판치나

첫 단추를 잘 채워라

선한 영향력

그 분을 얼마나 안다고 훌륭하다 하십니까

잘 알지도 못하면서

forget me

평소에 잘해야지요

하늘이 무너져도 정의는 세워라

너는 너의 너가 되어라

비상식이 상식을 이겨버렸다

편파적

어떻게 보고 싶은 것만 보고 살아요

정신을 잃어버린 나라

알아야 혜택도 받는다

일 좀 할 만 하니까 정년퇴직이야

뜻이 통하는 사람

변화에 목말라 있어

누굴 배려한다는 것은 마음을 쓰는 일이다

진실은 늘 이겼다

대체가 불가능한 사람인가요?

말이 씨가 되었습니다

오래되었다고 낡은 것은 아니야

택배쓰레기는 너무 싫어

아니면 말고

그것도 권력이라고

공정과 상식이 어딨어

자꾸 눈에 밟힌다

마음으로 보라

굿바이 오만과 편견

진심이었습니까

카피 원성래

초판1쇄 2022년 4월 19일

제작 **shorts**
주소 서울 강남구 삼성동 95-16
전화 010 3863 3308

shorts는
쓸데없는 것은 버리고
무엇이 중요한지만 생각하며
압축적으로 살고 싶은
라이프스타일 브랜드입니다

ps 이것은 책이 아니다

ISBN 979-11-978528-0-0 03810